Hajin Lee

2023. 08.

실패한다가도,
이 시절로 무사히 돌아서기를

확률의 무덤

확률의 무덤

이하진

위즈덤하우스

"세상에……. 당신, 저를 관측한 건가요?"

찰나의 순간이었다. 주문한 카푸치노를 마시며 멍하니 카페의 어딘가를 응시하다가, 창밖을 보기 위해 아주 잠깐 돌렸던 시선을 다시 카페 안으로 향했을 때였다. 왜인지 위화감이 들었다. 무언가 바뀔 수 없다고 생각될 정도로 짧은 시간 동안 바라보지 않았을 뿐인데, 그곳에는 돌연 사람이 나타나 있었다.

어렴풋하게라도 보이던 사람이 눈에

들어왔다면 그사이에 걸어왔나 보다 싶었겠지만, 분명히 지금껏 시야에 한 번도 들어온 적 없는 옷차림이었다. 그것도 장소와는 어울리지 않는 하얀 가운이었다. 보았다면 기억하지 못할 리가 없었을 터였다. 몇 번이고 위화감을 되짚는 와중에 줄곧 그를 바라보던 시선은 마침내 교차했고 적잖이 주름진 얼굴로부터 놀람과 기쁨의 감정을 읽었을 즈음 그 사람이 외친 한마디가 저것이었다.

"정말이죠? 관측, 아니, 보고 계신 거 맞죠?"

섣불리 고개를 돌리고 싶었지만, 스친 얼굴은 중장년의 것으로 보임에도 불구하고 어딘가 낯익었기에 눈살을 찌푸리고 시선을 고정할 수밖에 없었다. 이윽고 그는 나만큼 놀란 것인지 눈을 휘둥그레 뜬 채 상기된

목소리를 내며 나에게로 확실하게 다가왔다.
주변 소음보다도 크게 튀는 목소리에 다른
사람들도 놀랐는지 시선이 쏠리는 게
느껴졌다.

"드디어! 감사합니다! 혹시 시간
되시나요? 저 좀 계속 봐주실 수 있으신가요?
가야 하는 곳이 있어서!"

"에, 예?"

당황 속에서 계속해 기억을 뒤져봐도
일치하는 주변인의 얼굴은 찾을 수 없었다.
누군지도 모르는 사람으로부터 황당한 순간에
황당한 이야기를 들었기 때문인지 일순간
아무 말도 나오지 않았다. 긴장한 성대의
떨림이 언어의 형태를 채 띠기도 전에, 무어라
말할 틈도 없이 허겁지겁 다가와 시야를
차지한 그 사람이 내 손을 덥석 잡았을
때야 나는 비로소 그에게서 시선을 뗀 적이

없었다는 사실을 깨달았다. 그는 내 손을 잡은 채로 얼굴에 묻어난 당혹을 읽어냈는지 아차 하며 말을 이어나갔다.

"이상한 뜻은 아니고요. 말 그대로, 봐주세요. 물리적으로 관측해달라는 소리예요. 오늘 하루만, 아니, 몇 시간만 저를 관측해주세요. 부탁드릴게요."

정말로 이상한 사람이었다. 가만히 그를 바라보는 것으로 대답을 대신한 나도 참 이상했다.

❖

"눈을 깜빡이는 정도는 괜찮아요. 당신의 관측이 제 위치와 운동량을 특정했고, 비로소 다른 사람들도 저를 관측할 수 있게 되었으니까요. 그 짧은 순간에 제가 다시 사라질 일은……."

"잠시만요, 그런 걸 잘 몰라서요. 조금 더
쉽게 설명해주실 수는 없나요?"

자신을 물리학자라고 소개한 눈앞의
사람은 잠시 생각에 빠졌다. 내 대답을
듣고 의외라는 표정이 스쳤던 것도 같았다.
마치 상식을 모르는 사람을 대하는 것처럼
구는 태도에 기분이 나빠지려고 할 즈음
그는 다시 입을 열었다. 그나저나 저 얼굴,
어디서 봤더라. 기시감이 계속해서 머릿속을
맴돌았다.

"죄송해요. 이런 걸 설명하는 게
오랜만이라. 그러니까, 양자역학에서 모든
물질의 존재는 확률적으로만 기술돼요.
정확히는 파동함수로요. 이곳에 반드시
있다거나 없다거나 하는 식이 아니라,
이곳에 있을 확률은 몇이다 하는 식으로요.

중첩이라고 하죠. 있으면서 동시에 없을 수도 있는 그런? 그리고 그걸 결정하는 행위가 바로 관측이에요. 확률적으로 존재하는 물체를 관측하게 되면, 그 순간에 파동함수는 붕괴하여 한 지점으로 확률이 몰리게 돼요. 그 지점이 관측된 위치가 되는 거고요. 그걸 코펜하겐 해석이라고 해요."

파, 파동 뭐라고? 코펜하겐 뭐? 나는 잠시 고등학생 시절에 배운 과학 내용을 생각해 보았다가 어떤 시험 범위에도 파 뭐시기 따윈 없었다는 사실을 깨닫고는 말을 흐리며 가까스로 대답했다.

"……어, 네. 어……. 그렇군요……?"

그런 사실을 차치하더라도 확률적으로 존재한다느니 관측이 붕괴를 만든다느니 하는 소리들이 당최 무슨 뜻인지 와닿지 않았다. 지금 이 사람과 나는 이곳에 분명히 존재하고 있지 않나? 대체 뭔 소리야.

"괜찮아요. 정상적인 반응이에요. 사실 말도 안 되죠. 이 카페가, 지구가, 세상이 이렇게 멀쩡히 존재하고 있는데. 참 웃긴 관점이죠? 그냥 받아들이시면 편해요. 그런 게 있다고."

그는 웃으며 그런 얘길 하고 있었지만 이과 녀석들이 농담으로 던지는 공대 개그 따위에도 웃을 수 없었던 나로선 도저히 받아들일 수 없었다. 과학이 그렇게 제멋대로여도 되는 건가? 게다가 분명히 존재하는 물질이 확률적으로 어쩌니 파동함수가 뭐, 붕괴? 함수는 그, $y=ax$ 아니야? 그게 어떻게 붕괴해? 뼈문과는 납득하기 어려운 이야기만 이어지고 있었다. 한편으론 터무니없는 일이 쉴 새 없이 일어나는 세상에서 모든 것을 이해하긴 무리가 아닌가 싶었다.

결국 나는 그런 게 있나 보다, 같은 애매한
태도로 양자역학이란 걸 찝찝하게 넘겨들으며
그의 말을 경청하는 수밖에 없었다.

"그리고 지금 제 상태는, 쉽게 말해서
다른 사람에게 관측되어야만 존재할 수 있는
상태예요. 관측되지 않으면 온 우주에 확률로
흩어지고 마는 거죠."

짠 하고 들어 올린 양팔로 무언가
흩어지는 모양새를 익살스럽게 흉내
내며 말하는 그는 나이에 맞지 않게
천진한 표정으로 천진하지 않은 이야기를
이어나갔다.

"그래서, 그러니까⋯⋯."

물리학자란 사람들은 원래 이렇게 배려가
없는 건가? 유튜브에 나왔던 물리학자들은
진짜 재밌는 얘기들만 하던데.

"솔직히 양자역학에 대한 이야기는 잘

모르겠어요. 근데, 결국 정리하자면 지금 당신은 누군가 바라봐야만 존재할 수 있는 상태인 거고, 그게 하루 동안 아무에게도 관측……이 되지 않았다는 거죠? 제가 하루 만에 당신을 관측? 한 거고요?"

그는 고개를 끄덕인 뒤 벽에 걸린 시계를 확인하곤 내게 날짜를 물었다. 대답을 들은 그는 곧바로 말을 이었다.

"정확히는 28시간이었죠. 실험 조건을 생각해보면, 제 파동함수는 인적이 드문 장소에 높은 확률로 분포했을 거예요. 아마 이런 데보단 외곽 쪽에서 높은 존재 확률을 가졌겠죠. 그럼 자연스럽게 이런 도심 한복판에선 존재 확률이 낮을 거고요. 아무리 저를 볼 눈이 많더라도, 제가 막상 안 보이면 소용없는 거잖아요. 최악이었죠. 관측자가 백 명 있는 곳에선 제가 나타날 확률이

1퍼센트도 채 안 되고, 반대로 관측자가 한 명도 없는 곳에선 90퍼센트는 넘고. 그러니까 이렇게 존재 확률이 낮은 곳에서, 다른 사람이 눈 돌린 딱 그곳에 마침 제가 있을 확률이 얼마나 되겠어요? 봤더라도 관측이 계속 유지되긴 어려웠을 거예요. 너무 짧은 순간에 홱 나타나니까 귀신 봤나 싶었겠죠. 그런 이유로 동물이나 곤충도 관측자가 될 수는 없었고요. 요약하자면 이런 도심 한복판에서 제가 관측되고 그게 유지될 확률은 아주 희박했을 거예요. 제가 탈수로 죽기 전에 관측한 당신도, 관측된 저도 엄청난 행운이라는 거죠. 로또 사서 당첨되고도 남을 확률일 거예요."

"심각한 상황을 무척 가볍게 얘기하시네요……."

옅어지는 현실감에 헛웃음을 흘리며

말하자 희미한 미소를 지은 그는 눈앞의 컵을 들어 물을 마셨다. 흥분한 그를 진정시키기 위해 무작정 카페를 나와 근처의 편의점에 찾아 들어가 앉아 있던 참이었다. 사실 이목이 너무 집중되어 그 자리에 계속 앉아 있기 눈치 보이기도 했고.

그가 10분 만에 물만 두 병째 마시고 있다는 사실을 알아챔과 동시에, 이제야 눈에 들어온 그의 몰골은 28시간의 무방비한 실종을 여실히 증명하고 있었다. 당장 웃을 때마다 떨리는 눈가와 말라붙은 입술만 봐도 그랬다. 물만 연거푸 마시는 모습이 안타까워 음식을 사러 일어났을 땐 세상이 무너질 듯 놀란 표정으로 나를 붙잡고는 시각을 집중시켰다. 정확히는 관측이었으려나. 그러고는 본인이 직접 사 오겠다며 그저 옆에서 바라보기만 해달라고 청했다. 아마

내가 자리를 떠날 때 관측이 끊어질까 우려한
듯했다. 그렇게 빵과 삼각 김밥 같은 간단한
먹거리를 들고 다시 편의점의 테이블에
앉아 대화를 이어나갔다. 아무리 생각해봐도
이상한 이야기라서 한숨을 쉬지 않고서는
계속할 수가 없었다.

"……어지럽네요."

"실험하다가 확률적으로 존재하게 된
사람이라니. 제가 봐도 어이가 없는걸요.
이해해요."

솔직히 너무나 비현실적인 이야기가
아닌가. 실험이 틀어져 초능력을 얻게
되었다거나 하는 것은 영화에서나 쓰일 법한
설정이었다. 다만 이곳은 현실이고, 얻은 것이
초능력이 아닌 것 같다는 게 문제였지만.

"어디서부터 설명을 해야 할까. 몇 년
전에 양자 컴퓨터를 이용해 시간을 되돌리는

시뮬레이션이 성공한 적 있었어요. 뭐,
들리는 것처럼 대단한 일은 아니었어요. 양자
컴퓨터와 관련된 실험이라 실제 시간 여행의
가능성과는 상관이 없었거든요. 하지만 몇몇
물리학자들은 기어코 그 연구 결과를 이용한
실제 세계에서의 시간 여행에 대해 연구하려
들었죠. 저도 그 괴짜들 중 한 명이었고, 운
좋게 양자 시간 도약 연구팀을 꾸려 연구를
하게 됐죠."

　　과학과는 평생 연이 없는 삶을
살았음에도 양자 시간 도약이라는 단어에서는
아까보다도 분명한 기시감이 느껴졌다.
그것을 붙잡고 기시감의 정체를 파악하려
했지만, 노력이 무색하게도 머릿속에선
무언가 떠오르다가 희미하게 맥없이
흐트러지고 말았다. 다만 그 단어가 스쳐
지나갔던 출처만큼은 붙잡아낼 수 있었다.

분명 작년 초부터 어느 지면에서나 찾아볼 수 있었던 토픽이었다. '본 것 같은' 수준도 아니었다. 솔직히 신물이 나 포털 사이트의 뉴스 페이지를 바라보기 질릴 정도였다. 아마 얼마 전을 기점으로 양자 시간 도약에 대한 관심은 최대치를 찍었고, 아직까지도 나날이 갱신되는 중이었다. 이유는 이어지는 그의 대답으로 요약할 수 있었다.

"뭐, 결론부터 말할게요. 실패했죠."

"……네, 그랬죠. 실종된 연구원도 있었고요."

동의하듯 고개를 끄덕이며 뱉은 한마디였다. 양자 시간 도약 실험의 실종된 연구원이란 주제는 근래 세간의 최대 관심사였다. 사람들이 떠들어대던 연구원의 행방에 대한 추측과 기억을 되짚자 불현듯

지나칠 수 없는 섬뜩한 예감이 떠올랐다.

설마.

"설마 당신이었나요?"

이어지는 그의 대답은 사실이길
바라면서도 아니길 바랐던 바로 그
대답이었다.

"보시다시피. 뉴스에선 듣지 못한
이야기들이 많죠?"

나는 가까스로 눈을 끔뻑 감았다 뜰 수
있었을 뿐 그 어떤 반응도 할 수 없었다.

❖

양자 시간 도약에 쏟아진 관심은
대단했다. 기초 과학의 무덤이라고 불리던
한국에서 국내 연구팀이 세계 최초로 어떤
분야를 개척하고 연구해나가긴 처음이었다.

그것도 이름마저 번지르르한 '양자 시간
도약'이라니, 여러 매체들을 통해 시간
여행이란 개념을 쉽게 접할 수 있는 21세기의
사람들에게 이처럼 매력적인 주제는 없었다.
'양자'만 붙이면 사이비가 되는 유사 과학이
판치는 세상에, 진짜 '양자적인' 무언가라는
사실조차 이목을 끌기 충분했다. 대중이
주목하고 세계가 주목했다. 개중에는 나같이
과학에 문외한인 사람도 가득할 지경이었다.

　　5년 전, 서울의 모 대학교수가 처음으로
시간 도약에 대한 이론을 검증된 저널에
공개했던 그때까지만 해도 무슨 영화 같은
소리냐면서 비아냥대는 목소리가 많았다.
교수의 성별을 거들먹거리며 부정의 가능성을
제기하는 이들도 있었다. "시간 도약 무용",
"실현은 불가능하다" 같은 음모론이나
내세우며 이론을 부정하는 사람들도. 특히

실현 가능성을 부정한 사람이 과학계에서
손꼽히는 권위자였던지라 한동안 그의 주장이
화두가 된 적도 있었다. 양자 시간 도약은
그만큼이나 공격받기 쉬운, 말도 안 되는
이야기처럼 여겨졌다.

그럼에도 시간이 지날수록 이론의
타당함은 증명되었고, 정부는 시류를 읽으며
그 교수를 필두로 한 연구팀을 국가적으로
지원했다. 시간 여행이라는 완벽한 몽상에
매료된 미국, 일본, 인도 등의 과학자와
공학자 들도 합류하여 프로젝트는 순항했다.
여러 부정과 음모론 속에서도 빠르게
진척되었고, 시범 운행을 할 수 있게 된
작년 초부터는 처음 논문에서 제시했던
전자 하나부터 금 원자 하나로까지 실험을
이어갔고 이윽고 분자 하나, 물 한 방울,
유리구슬 하나, 바나나 하나, 랫 한 마리,

고양이 한 마리, 침팬지 한 마리로 점점
스케일을 부풀렸다. 입자 수를 늘리고, 분자
수를 늘리고, 무기물에서 유기물로, 이윽고
비생명에서 생명을 향하여.

20개월에 걸친 시범 운행을 모두
성공적으로 끝마치며 세계의 눈길이 집중된
가운데 결정된 것이 그저께의 제17차 시범
운행이었다. 그것도 최초로 사람을 대상으로
하는 운행이었다. 그 때문이었는지 이번
실험은 일정 발표도 특이했다. 평소에는
늦어도 최소 일주일 전에는 일정을
공지했지만 어쩐지 이번엔 실험 직전,
그러니까 가동 10분 전에 갑작스럽게
발표되었으니까.

사람들은 이걸 괴짜스러운 서프라이즈
정도로 여기며 변칙에 의문을 제기하기보단
실험을 기대하기에 바빴다. 10분에 불과했던

짧은 시간이 흐르자 어느덧 시범 운행이

예정된 오후 1시 정각이 빠르게 다가와

있었다.

　보안 문제 때문에 실험의 전 과정이

영상으로 중계되진 않았지만, 연구팀의

공개용 타임라인을 통해 실험 진행의

절차만큼은 공개되어 있었다. 실험은

순조롭게 실행을 밟았기에 곧 타임라인의

마지막 줄에는 시범 운행을 완료했다는

정보가 문자의 형태로 뚜렷하게 나타났다.

　하지만 이번의 성공은 평소와는

다르게 너무나 조용했다. 완료 문장과 함께

시끄러워야 했을 언론이 특히 잠잠했다. 늘

그랬듯 실험 성공을 알리는 기사가 쏟아져야

했음에도 그러지 않았던 것이다. 완료 후

10분이 지나도록 공식적인 소식이라곤

덩그러니 남아 있는 연구팀 타임라인의 '완료'

하나가 전부였다. 갑작스러운 실험이었다고 해도 이상하리만큼 고요했다. 무언가 잘못되었다는 기묘한 분위기가 세상을 휘감은 지 약 30분 정도가 지났을 때, 그제야 갑자기 속보라는 헤드라인을 단 기사들이 물밀듯 쏟아져 나오기 시작했다.

때늦은 결과를 확인한 대중은 경악했다. 정부는 '연구원 실종'이라는 정보 외에 아무것도 공개하지 않았다. 총력을 다해 수색하겠다는 낯익은 문구만 연신 띄울 뿐, 어떻게 실종되었는지, 어떻게 수색하겠는지에 대해서는 연구팀에서도 별말이 없었다. 이공계를 필두로 한 대중들의 비난이 쇄도할 즈음에야 실종 원인을 조사하는 중이라는 답변을 내놓았다.

대중은 혼란에 빠졌고, 여론은 수많은 추측성 기사들에 의해 오염되어갔다.

타임라인이 해킹당했다거나, 제17차 실험은
원래 계획에 없었다는 둥 저급한 루머들이
퍼져나갔다. 분명 누구도 예상하지 못한
사태였음을 알 수 있었다. 모두가 당황했고
패닉에 빠졌다. 실현 부정론과 음모론을
지지하던 반과학 단체는 과학기술부 앞에서
실험 중단을 촉구하는 무단 농성을 벌여
새로운 뉴스거리를 더했다.

그만큼 연이은 성공 속 실패의 리스크는
거대했다.

"경찰이나 지인들에게 먼저 연락하는
게 좋지 않을까요? 연구소로 돌아가면 분명
원래대로 돌아갈 방법이 있을 거 아니에요.
연구팀은 당신이 실종된 원인도 모르는 것
같던데요."

나는 읽었던 기사 몇의 내용을 바탕으로
그를 타이르며 무사 귀환을 제안했다. 다만,

그저, 이미 체념한 것처럼 말을 대신해 저어

보인 그의 고갯짓이 불가능을 이야기했다.

　"돌아갈 수 없어요."

　당연하다는 듯 이어진 대답은 너무

단호해서, 나는 무심코 왜냐고 되물을 수밖에

없었다.

　"양자 시간 도약은 제 이론이었으니까요.

실패 확률도, 실패 후에 무슨 일이 벌어질지도

이미 알고 있었어요. 돌아갈 수 없어요."

　예상치 못한 발언에 말문이 막혔다.

　양자 시간 도약을 자신의 이론이라

소개하는 사람. 그리고 왠지 모를 낯익은

얼굴. 첫 만남부터 느껴지던 기시감의 정체를

이제야 깨달았다.

　언론 노출을 꺼리던 괴짜 물리학자,

하현서. 양자 시간 도약 이론의 창시자.

제아무리 과학에 관심이 없다지만 이건 너무하지 않은가? 그야 과학을 전공하지도 않았고, 과학 기사나 책을 읽는 일이 취미도 아니었으니까. 솔직히 과학은 싫어하는 편에 가깝긴 했다. 고등학교 1학년 때 모의고사에서 과학 13점을 받은 적도 있었으니까.

아니, 그래도 전 세계를 뒤집은 과학자를 기억하지 못했다는 것에 자존심이 상했다. 그렇게나 전문적인 얘기를 늘어놓는데도, 연구에 참여했다가 실종됐다는 사실을 전해 듣기 직전까지 '이 사람은 여자니까 그런 대단한 일과는 거리가 멀겠지' 싶은 시대착오적인 생각을 했던 것도 뒤늦게 미련하고 멍청하게 느껴져서 고개를 들 수 없었다. 기사에서 가끔 보았던 이름으로는 성별을 유추하기 어려웠다는 사실로 자신의 무례를 합리화하려 했지만 부끄럽긴 마찬가지였다. 아니, 그렇지만 분명 몇몇이 교수의 성별을 들먹거리는 꼴도 봤었잖아?

나는 바보야. 상식도 부족하고 멍청한 생각이나 서슴없이 하는 바보라고. 슬슬 양자 시간 도약과 관련된 이야기가 지루해서 일부러 과학 기사를 안 보려 하긴 했었다. 아무리 그렇다 한들 이름을 듣고 알아차리지 못하다니 이렇게 교양이 부족할 수가 있나. 언론 노출을 꺼린다고 해도 그의 얼굴은 알려져 있지 않냐고? 그는 하루 남짓을 무방비 상태로 지냈다. 심지어 기억 속에서보다 흰머리가 더 많아져 주의 깊게 보지 않는 이상 그를 보고 단박에 하현서라고 알아챌 사람은 매우 적을 것이라고 확신한다. 솔직히 유명인을 우연스럽게 마주친다면 의심하고 의심하는 게 사람 심리 아닌가.

아무리 그래도, 이름을 기억 못 하는 건, 아무리 생각해도 내 잘못이었다. 사람이 어떻게 이리 멍청할 수가 있지? 입시 끝난 지 얼마나 됐다고 벌써 시사 상식에 관심이 없을 수가 있어.

"방금…… 기억났어요. 당신이었군요. 죄송합니다. 이제야 기억났어요. 제가 과학을 싫어했던지라……."

"괜찮아요. 제 꼴이 말이 아니기도 하고, 솔직히 과학 모른다고 얘기하셨을 때부터 느끼긴 했거든요. 책을 써본 적도 없고, 인터뷰도 잘 안 하고. 카페에서도 편의점에서도 알아보는 사람 하나 없잖아요. 아마 사람들은 제가 연구팀 소속인 것도 잘 모를걸요."

현서 씨는 내가 구구절절 변명하는 꼴이

재밌었는지 말을 끊고 익살스레 변호를
늘어놓았다. 내게 부담을 주지 않으려는 듯
보이기도 했고, 이 상황을 흥미로워하며
즐기는 것 같기도 했다.

　"그냥 아까처럼 편하게 대해주세요.
저도 그게 더 편하고요. 그것보다, 슬슬
일어나볼까요?"

　나는 부끄러움을 감춘 채 눈앞의
물리학자가 자리를 정리하는 모습을 그저
바라볼 수밖에 없었다.

❖

　현서 씨는 가야 할 곳이 있다고 말했다.
처음 만나자마자 설명한 자초지종도
그러했다. 그는 내게 휴대폰을 빌려 이곳의
위치를 확인하고는 도보로도 충분한 거리라고

말했다. 이곳은 번화가라서 보는 눈이 많으니 앞에서 걷는 자신을 뒤에서 관측해달라는 부탁만 했다.

그의 말에 따르면 이동하는 내내 손을 잡았던 것도 관측의 일환이라나. 시각으로든 촉각으로든 자신이 무언가에게 인식되기만 하면 된다고 했다. 슬슬 양자역학이니 관측이니 하는 것들이 이해되지 않아 머리에 과부하가 걸리려 할 즈음 현서 씨는 덧붙였다.

"원래 과학에 절대 같은 건 없어요. 생각보다 변덕스러운 녀석이에요."

그가 설명과 함께 마지막으로 덧붙인 한마디가 이 상황을 납득하는 데 도움이 됐다.

현서 씨에게 고정한 시선 한편으로 비치는 햇빛은 하늘을 비스듬히 비추어 노을을 자아내고 있었다. 드리운 권적운이 하늘을 수놓은, 얼마 지나지 않아 지평으로

떨어질 절경이었다. 아마 인스타그램에 들어가면 다들 스토리에 하늘 사진이나 올리고 있을 법한. 그럼에도 현서 씨는 그런 하늘에 눈길도 주지 않고 제 갈 길을 묵묵히 걷고 있었다. 어쩌면 다시 누리지 못할 여유를 털어내서라도 가고 싶은 곳은 어디일까. 황혼을 바라보는 잠깐의 여유도 마다하고 향하는 이유는 무엇일까. 나는 그저 목적지에 맹목적인 그에게 시선을 고정할 수밖에 없었다. 그러면서도 침묵이 흐르는 어색함을 마냥 참을 수 없었던 나는 질문을 시작했다.

"어디인지라도 알려주시면 안 될까요?"

"아까 언론에, 공개되지 않은 정보가 많다고 했죠?"

"네? 아아. 네, 그렇죠."

"그런 것들을 모아둔 장소예요."

"지금 걸어가는 방향은 산인데요? 설마

산을 넘어가나요?"

"에이. 그 산 중턱이, 목적지예요. 지금은 걷는 것도, 힘들다고요."

후들거리는 발걸음과 끊어지는 문장들이 그 발언을 증명하는 듯했다.

"산에 연구소라도 있는 건가요?"

거대한 비밀 연구소라든가.

"아뇨, 그런 건 없어요. 그냥 산 어딘가에 뭔가를…… 하아. 대충 모아뒀을 뿐이에요."

오래된 SF 영화에 나올 것만 같은 숨겨진 연구 시설 속 거대한 서버 따위의 로망을 상상한 나는 미약한 기대가 무너지는 것을 느꼈다. 산에 뭔가를 대충 모아둔다니. 대체 왜, 어떻게 산인지도 모르겠다. 자료는 암호화된 클라우드나 USB에 저장하는 게 보편적인 시대가 아닌가. 산 중턱에 별장이라도 있나? 그렇다면 이미 기자들에

의해 파헤쳐졌겠지. 아니다, 애초에 그런 건
없다고 했으니. 그럼 삽으로 뭔가를 묻어뒀나?

"지금 이상하다고 생각했죠?"

"어……."

그는 말을 잇지 못하는 나를 보곤
흐릿하게 웃으며 다시 정면을 향해 걷기
시작했다.

"가보면 알아요. 인적 드문 산 중턱이어야
하는, 이유가 있어요."

그는 곧이어 석사 과정 시절, 노트북을
떨어트려 4개월 동안 쓴 논문을 날려버린
이후로 중요한 자료들은 아날로그로
보관해둔다는 대답을 덧붙였다.

위대한 과학자들이 그러했듯 이 사람도
평생을 연구에 바쳤을까. 문득 그런 의문이
고개를 내밀었다. 아마 그렇겠지만, 위인전에
남기는 어려울 것만 같았다. 끝이 실패였다는

이유로 끊임없이 비판받고 검증을 요구받을
테니까. 부끄럽게도 한순간 내가 했던 생각을,
그 시대착오적인 생각을 평생 품는 사람들에
의해 존재 자체가 묻혀버릴 수도 있는
일이었다.

"정말 연락 안 하실 거예요? 가족에게라도
연락하는 건 어때요?"

"없는데요?"

"네?"

"이 나이에 부모님이 살아 계시긴 힘들죠.
뭐, 자식이야 애 낳고 연구하기 무서워서
결혼도 안 했으니까."

"……죄송합니다. 실례했습니다."

"괜찮아요. 것보다, 지금 상황 꽤 어색할
텐데, 제가 더 미안하죠. 궁금한 거라도
있나요?"

"아. 그렇다면."

만약, 만약에. 정말로 돌아갈 수
없다면. 유해마저 남기지 않고 사라졌다는
사실은 오랜 시간 동안 사람들의 입에
오르내리겠지만, 이런 대단한 연구자의
죽음이라면 조금 더 의미 있게 기억되어야
하지 않을까 싶은 생각이 들었다. 그의
연구보다도 죽음의 형태가 더 많이 주목받을
거라는 예측은 어딘가 분한 감정을 느끼게
하는 것 같았다. 그리고,

"혹시, 확률로 존재한다는 건 어떤
느낌이었나요?"

정제되지 못한 질문을 내뱉자마자
부자연스러워지는 그의 동세에서 내 실수를
짐작할 수 있었다.

미숙한 호기심이 입을 나섰음을 뒤늦게
깨달았다. 생각이 짧았다. 당장 내 흥미가
'존재 자체가 흩어지는 죽음의 형태'에

동했다는 무례에 나는 즉시 사과를 표했다.

"아, 아닙니다. 죄송합니다."

"어디에서나 동시에 존재한다는
느낌이라고 하면 이해할 수 있을까요?"

예상치 못한 한마디가 끝나며 왜인지
우리의 발걸음도 같이 멈추었다. 산의 입구,
풀 내음, 해가 지평으로 숨어들어간 시간의
찬 바람, 기울어져 끝이 희미해진 그림자,
줄어드는 길거리의 사람 수. 모든 것이 그의
주변에서 알 수 없는 긴장감을 더했다. 나는
더 이상 어떤 말도 입 밖에 내지 못하고
그대로 기류에 압도되었다. 조금의 시간이
흐르자 그는 다시 입을 열었다.

"그때도 계속 이 느낌을 표현해보려고
했는데, 적당한 표현이 없었어요. 내 인식의
범위를 아득히 넘어서서, 오감의 정보를
해석하기에도 부족한 시간에 또 다른

장소를 보고, 듣고. 실제로는 모든 것이 겹쳐져 느껴진다고 해야 할까요. 시각적으로 겹친다는 의미는 아니에요. 정말 많은 것들이 동시에 인지된다는 쪽에 가깝죠. 그마저 혼재한 감각으로 추측되어 만들어진 느낌에 불과했을 거예요. 뇌가 감각을 인지하는 시간은 보통 1초도 채 되지 않아요. 너무 짧은데, 그 시간보다도 짧은 순간에, 내 존재가 온 우주에 스친다는 것만을 느끼는 거죠. 당연하겠지만 반응도 하지 못해요."

"아……."

"그렇지만."

그는 한숨만큼의 시간을 지체한 뒤 말을 이었다.

"그래도 꽤 나쁘진 않았다고 말해도 될까요? 그 느낌만으로도 모두에게서 그리움을 상기할 수 있었거든요. 내가 존재했다는 흔적이 구석구석 남아 있었어요.
그런데, 그러고 나니까, 잠깐만이라도 살고
싶어지더라고요. 예상 가능한 미련이었죠.
시간을 느끼고, 공간을 인지하고, 감각을
넓히며 내가 이곳에 있었다는 증명을 다시
느끼면서. 내가 여기 존재했음을 마지막으로
기억하고 싶었어요."

　그는 어려워 보이는 이야기를 쉬이
꺼내주었다. 순간의 망설임을 뒤덮으며
기다렸다는 듯 터져나오는 답변은 생각한
것 이상으로 외롭고 덤덤해서, 안타까움을
표현하기조차 버겁고 무거웠다.

　"그래서 당신과 눈이 마주쳤을 땐
다행이라고 생각했어요. 뭐, 좋은 질문이네요."

　그가 답한 것은 확률적 존재감에 대한
소견이었는지, 모두의 곁에서 느끼는
외로움이었는지 누구도 모를 일이었다.

"여기서부터는 사람이 없는 편이니까,
손잡고 올라갈까요?"

❖

　현서 씨는 배려하는 사람이었다. 좋은
질문이었다며 기꺼이 답한 것처럼 말했지만
산을 오르는 내내 깨질 기미가 없는 침묵이
이를 뒷받침하는 것만 같았다.

　그렇게 한참을 수치에 박혀 있어도, 만난
지 두 시간밖에 안 된 사람의 손을 잡고
산길을 오르는 일이 민망하지 않을 수는
없었다. 어색함을 덜어내고자 관심을 돌려
바라본 오솔길은 보기 좋게 개척된 모습은
아니었지만 꾸준히 사람이 다녀갔음을
보여주고 있었다. 아마 현서 씨가 남긴 자취인
듯했다. 그런 오솔길을 하염없이 관찰하고 난

후에도, 그와 나의 사이를 채우는 건 고르지
못한 지면과 발이 마찰하는 소리가 유일했다.
입구에서 바라본 산은 결코 작다고는 못 할
크기였기에, 나는 어렵지 않게 생각이라도
정리하자는 결론에 닿았다. 그를 관측한
이래로 혼란뿐인 하루였다.

　　그러니까, 양자 시간 도약이 처음
주목받은 것은 5년 전의 일이었다. 현서 씨의
논문이 처음 알려진 게 그쯤이었으니까.
1년 뒤, 이론은 대다수의 권위자들에게
인정받았고, 실현을 위한 연구팀이 빠르게
꾸려졌다. 연구가 걸림돌 없이 순항한 덕에
시범 운행은 작년 2월부터 시작될 수 있었다.
그 5년에 이르기까지 실험은 17차라는
횟수를 쌓아왔지만, 실험의 끝은 역설적으로
연구자의 실종이라는 전무후무한 비극에
이르려 하고 있었다. 고작 5년의 연구 진행

성과가 한 명의 비극을 낳은 것이다. 참으로 짓궂은 연구였다. 5년이라.

잠깐, 고작 5년이라고?

이론이 처음 알려진 게 5년 전이라면, 검증을 거쳐 설계와 열일곱 번의 실험을 하는 데 걸린 시간이 고작 5년밖에 되지 않는다고?

과학에 대해 잘 알지 못하는 나도 터무니없는 시간이라는 걸 직감적으로 알 수 있었다. 무언가 잘못되었다. 크게 잘못된 숫자였다. 보통 신기술이 개발되는 데 걸리는 시간은 이보다 긴 게 당연하지 않았나. 생각해보면 시범 운행 간격도 이상했다. 작년 2월이 시범 운행의 시작이었고 지금은 10월이었으니 실험이 이루어진 기간은 약 20개월에 불과했다. 마지막 실험이 제17차라면 거의 한 달에 한 번꼴로 실험을 진행한 것이었다. 실제로도 그러했다.

이게 가능한 건가? 이래도 되는 건가?

이상을 알아채는 건 시작이 어려웠을 뿐, 그 연쇄는 간결하고 부드럽게 이어졌다. 오히려 연구가 잘못되었다고 가정하는 게 자연스러울 정도였다. 그러고 나니 어렵지 않게 모든 의문이 해결되었다. 5년 만에 제대로 할 수 있는 일들이 아니었다. 현서 씨가 이 지경에 이르도록 만든 실패는 전혀 이상한 일이 아니었다. 말 그대로 예견된 실패였다.

이제야 양자 시간 도약에 던져진 부정적인 의견들을 이해할 수 있을 것 같았다. 모든 것이 불가능한 일이었다. 실험은 정말 이루어진 게 맞는 걸까? 아니, 이건 고민할 필요도 없다. 눈앞의 이 사람이 직접 실험 결과를 보여주고 있지 않은가. 그렇다면 실험이 제대로 이루어지지 못한 것일까? 그런 거라면 어떻게 앞선 실험들에서 문제가 지적되지 않은 거지? 한 달에 가까운 간격으로 실험이 이루어졌다 한들, 연구자가 문제를 발견했다면 멈추지 않을 이유가 없을 것이다. 멈추지 않을 이유가, 멈추지 않을.

이 한 문장을 곱씹다가 불안한 예측이 하나 떠올랐다. 너무나 절망적이어서 완연한 문장의 형태로써 가설을 세우기 싫을 정도로.

실종 속보가 전해진 그날에 쏟아지던, 여러 추측성 기사들 중 하나가 곧이어 뇌리에 스쳤다. 내용이 생각나기도 전에 머릿속은 이미 닥쳐온 불안으로 긴장하고 있었다. 미리 보기로 보이는 문장에 곧바로 제목을 클릭했지만, 어째선지 올라온 지 1분도 안 되어 삭제되었던 기사. 하지만 이어지는 인터넷 뉴스들 사이에서 분명히 보았던 그 한 문장.

'제17차 실험은 원래 계획에 없었다.'

계획에 없던 것이라서 갑작스러웠다면. 이 실험의 말로가 모두 그의 의도였다면. 실험 중단을 선언할 수 없었던 이유가 이 돌발 계획에 이르게 한 거라면. 현서 씨가 독단적으로 결정하고 강행한 실험이 이 17차 실험이었다면.

마치 닿으면 안 될 잘못된 결론에 닿은 것 같아 이어지는 사고의 연쇄를 끊어냈다. 은은히 보이는 오솔길에 시선을 집중해도, 오른손에 분명히 맞잡고 있는 손의 주인이 무슨 일을 겪은 것인지 알 도리가 없어 불안만 더해졌다. 의심한들 내게 주어진 선택지는 관측을 그만두는 것밖에 없었다. 당장으로선 부질없는 짓임이 당연했다. 현서 씨는 아직 내게 설명할 것들이 남아 있었다. 나는 어쩔 수 없이 불안을 다스리며 그의 손을 잡고 산길을 계속 걸어 올라갔다.

❖

어느덧 해는 지평을 완전히 넘어가
시야는 휴대폰의 플래시 라이트에 의지하고
있었다. 잠깐 켜본 인터넷 메인 페이지에는
실종된 연구원이 하현서임을 알리는 속보들로
가득했다. 어느 기사든 제대로 된 정보를
제공하고 있지는 않았다. 그저 실종자의
이름이 공개된 게 전부였다. 방금까지 보고
들은 정보들에 비하면 새 발의 피도 못 되는
것이었다. 나는 한숨을 내쉬며 화면을 끄고
플래시 라이트를 비추는 것에 집중하기로
했다.

풀길을 헤집는 소리가 침묵을 채운 지
얼마나 흘렀을까, 어느샌가 산 중턱에 이런
장소가 있을 수 있나 싶을 정도로 탁 트인
시야와 평지가 눈에 들어왔다. 시기 좋게

비추는 달빛이 맑고 밝아서 감탄이 나올 만큼
아름다웠다. 하늘은 어쩐지 가림 없이 뚫려
있고, 도시를 향해 적절하게 트여 있는 나무와
풀은 경이로운 야경을 아낌없이 보여주고
있었다. 조화로운 풀벌레 소리 사이에서
가을이라는 날씨를 오감으로 느끼기 좋은
곳이었다. 잡초가 발목까지 자라 있었지만
걷기에 불편할 정도는 아니었고, 발에 차이는
돌부리도 없어 비밀 장소를 찾는 누군가에게
더없이 적당한 곳이라고 생각했다.

그렇게 작게 감탄하며 그의 손을 잡고
평지를 걷는데 서툴게 뭉쳐 있는 흙더미
여러 개가 눈에 들어오기 시작했다. 제각각의
크기로 존재감을 자아내던 흙더미들은
하나하나가 너무나 조악해 비라도 오면 금세
무너져내릴 것만 같았다. 마치 손재주 없는
사람이 만들어낸 무덤 같기도 했다. 그런

흙더미가 여섯 개였다. 그것들이 어딘가
이질적이라 무서워질 즈음, 현서 씨가 불쑥
말을 꺼냈다.

"무덤이에요."

"네?"

"하지만 시체라든가 그런 건 없어요.
의미상의 무덤일 뿐이에요."

당최 처음부터 끝까지 예상치 못한
소리만 내뱉는 사람이었다. 아니, 이제는 알
것도 같았다. 무슨 의도인지 헤아리고 있으니
그가 다시 입을 열었다.

"실패는 이번이 처음이 아니었어요."

"시범 운행이요?"

"네. 그건 지금까지 완벽하게 성공한 적이
없었어요."

잘못된 가설이 맞아떨어질 것만 같아
이유를 묻기 두려웠다. 허나, 떨리는 목소리를

가다듬고는 그에게 물었다.

"어딘가 잘못된 부분이 있었던 거죠?
그렇죠?"

"모두가 그런 생각을 하고 있었겠죠. 전부
말해드릴게요. 조금 긴 이야기일 거예요."

❖

어떤 물리학 분야에서는 이론과 실험의
스케일이 매우 동떨어져 있다고 한다.
정확히는 실험의 스케일이 이론의 스케일을
따라가지 못한다고 한다. 그래서 이론은 저
멀리 수십억 년 전의 과거로, 빅뱅의 시초로,
혹은 그 너머로 나아가 있지만, 현실은 그걸
아직도 따라잡지 못하기에, 몇백, 몇만이
우스운 단위로 이론과 실험이 떨어져 있어서,
그렇기에 너무나 먼 미래와 과거를 규명하는

이론들은 그저 가설에 불과한 채 증명을
기다리며 외로이 남아 있다고 한다. 문제는
양자 시간 도약 역시 그런 물리학에 속한다는
점이었다.

양자 시간 도약이 처음 알려진 건 5년
전이었다. 그때 논란이 된 건 국내 모 교수,
그러니까 하현서의 논문이었다. 정식 저널
게재도 전부터 몇 개월 동안 끊임없이
의심받아 온 그 논문. '양자 시뮬레이션을
기반으로 한 파동함수 조작과 시간 도약
가능성.' 누군가는 터무니없는 소리라며
무시했고, 또 다른 누군가는 실현 가능성이
없다며 야유했다. 계속되는 의심을 끊어낸 건
4년 전 어느 날의 심포지엄이었다.

"누가 폄하하든지 간에, 우리에게는
평가하기 두려울 정도로 놀라운 이론이다.
세기를 앞선 천재적인 발상이다."

한날, 한곳에 모인 물리학자들이 입을
모아 말했다. 그렇게 의심은 종결되고 연구는
시작되었다.

　　다만 너무 빨랐다.

　　너무 빨라서 문제였다.

　　정부는 시류를 읽고 자금을 지원했다.
그랬기에 빠른 결과를 바랐다. 양자 시간
도약이라는 유행이 가기 전에 활자가 아닌
무언가로써 확인할 수 있는 결과를 보고
싶어 했다. 연구진이 어려움을 토로했으나
의사 결정권을 가진 이들은 대답을 유보할
뿐이었다. 연구가 계속될 수 있느냐를
판단하는 건 더 이상 연구팀의 몫이 아니었다.
어쩔 수 없었다. 그들은 별다른 대안을
제시하지 않았다. 다른 이들은 따를 수밖에
없었다. 소통과 이해가 결여된 환경에서

결과물이 웃자라는 것은 당연했다.

　세기를 앞서갔다고 평가받는 이론의 첫
주목이 5년 전, 첫 실험은 작년 초.

　제1차 실험을 진행할 때부터 이상한
소리가 많아진 것도 그 탓이었다. 극찬했던
물리학자들은 실험의 안정성이 우려된다느니,
사이비 과학자니 하며 태도를 바꾸기
시작했다. 대중 일부는 연구팀이 실험을
조작했다는 음모론을 제기하기도 했다.
그럼에도 세간의 비판과는 다르게 지금껏
진행된 실험들이 허구는 아니었다고 한다.
시초의 1차 실험은 성공해 전자 하나가
실험 시각으로부터 정확히 1마이크로 초
전으로 도약했음을 확인할 수 있었다고 한다.
여기까지만 보면 성공이었지만, 다만, 분명
제 위치에서 관측되어야 할 전자가 관측되지
않았다. 통제 불가능한 이유로 실험 대상들은

실험 이후에도 결맞음이란 게 풀리지 않았던 것이었다. 즉, 계속 '확률'로서 존재하게 된 것이다. 누군가 관측으로 결맞음을 풀어준다면 되는 문제였지만 그게 쉬운 일일 리가 없었다. 현서 씨는 그때 사람이 허무함을 느끼면 웃음이 나온다는 걸 깨닫게 되었다고 한다. 1차 실험은 본래 테스트를 위한 실험이었지만 치명적인 문제를 발견한 이상 연구는 지속될 수 없었다. 지속되지 말았어야 했다.

그럼에도 가능성이 보였다는 게, 조금만 더 하면 통제할 수 있는 것처럼 보였다는 게 문제였다. 지금껏 이런 대규모 실험을 할 기회가 없었고, 앞으로 있으리라 확신할 수 없었다는 점도 이에 거들었다. 만약 지금 지원이 끊긴다면 언제 다시 안정적인 지원을 받을 수 있을지 불분명했다.

그는 성공해야만 했다. 늘 그랬던 것처럼.

❖

압박으로 싹을 틔운 실험은 욕심을 먹고 자라 지체 없이 기록을 이어갔다. 실험의 스케일을 키우는 것보다는 안정성을 확보하는 게 우선이었지만 그러지 않았다. 자극적인 결과를 보여주기 위해 결과를 알고 있음에도 동물실험까지 강행했다. 한 장 한 장 쌓여가는 실험 기록은 이기심을 증명하며 그의 양심을 짓눌러왔다. 하루는 어느 연구원이 이런 행태에 의문을 제기했다. 다행이었는지 시간 도약 연구팀은 꽤나 수직적인 구조였다. 그는 말없이 다음 실험의 계획서를 떠넘길 뿐이었다.

하루하루 연구실을 나가는 발걸음도

하나둘 늘어갔다. 실험 자체는 혼자서도 충분히 가능한 일이었기에 그는 개의치 않았다. 그때부터 그는 더 이상 연구가 아닌 무의미한 실험만을 반복하기 시작했다.

그렇게 초심을 잊어버릴 정도로 치열하게 몰두해 연구하던 어느 날, 그는 문득 생각이 들었다고 한다. 내 위치는 어디에 있는 걸까. 스스로 생각하기에도 너무나 이기적이어서 헛웃음이 나왔다고 한다. 누구나 이 연구와 실험을 알고, 하현서라는 이름을 알 것이다. 하지만 '하현서'라는 개인을 제대로 알고 있는 사람은 얼마나 될까. 돌이켜 보면 인간관계마저 뿌리친 지 오래였다. 세상에 자신의 존재가 희미하게 느껴졌다고 한다. 어쩐지 확률이 되어 모든 곳에 흩어진 생명들이 마치 자신 같다고 생각했다며. 모든 곳에 존재하지만 어느 곳에서도 큰 의미를

갖지 못하는 무의미한 확률. 그렇기에 본인의 가치를 증명할 수 없는 확률. 그는 언젠가부터 무덤에 쓸쓸함을 투영하고 있었다. 스스로 흩어지는 결과에 한 걸음을 내디딘 건 이때부터였는지도 모른다. 차라리 흩어지는 이상적인 모습이 된다면, 도망칠 수 있다면 하고 생각한 것은.

하면 안 되는 일의 대가였을까, 실험은 계속 거대해져서 포기할래도 포기할 수 없는 수준이 되어버렸다고 한다. 서서히 언론의 인터뷰 요청이 많아지기 시작했지만, 그는 뒤늦게 위선을 마주할 낯이 없어 모두 거절했다. 제10차 실험의 보고서를 제출한 날 밤에는 스스로의 역겨움을 버틸 수 없어 어딘가로 뛰쳐나갔다고 한다. 그때 우연히 마주친 산의 입구에 들어서 그곳을 올랐고, 중턱에서 마주한, 심정과는 반대되는 절경에

무너져버린 그는 바닥에 엎어져 흙을
움켜쥐고 누구를 위하는지 모를 눈물을
흘렸다고 한다.

그리고 그날, 그는 손톱 밑의 한 줌 흙을
처절히 그러모아 확률을 기리기 위한 무덤을
하나 만들어냈다고 한다.

실험을 계속하기엔 그의 마음이 남아나지
않았다. 지친 그가 내릴 수 있는 최선이자
최악의 대안은 도피였다. 그들과 같은
모습으로 흩어져서 시신조차 찾을 수 없는
영원한 고립. 그것만이 모든 것을 끝내고
속죄할 수 있는 유일한 길이면서, 스스로가
보일 수 있는 최소한의 양심이자 최대한의
책임이라고. 웃긴 일이라며, 이제야 후회한들
의미가 있을지 고민했지만, 무덤 하나를
만드는 시간의 몇 곱절 동안 할 수 있는 모든

비난을 스스로에게 향한 다음 그는 곱씹었다.
시간 도약 이론을 만든 건 자신이었다. 장치의
제작에도 처음부터 끝까지 관여했다. 가동
절차를 외우고, 혼자 그것을 가동하는 것도
어려운 일이 아니었다. 우습게도 그에겐 실험
대상을 자신으로 만드는 것마저 아주 간단한
일이었다. 몇 번이고 생각해봤지만, 지금껏
해온 무의미한 실험들에 비하면 눈 감고도 할
수 있을 정도의 가벼운 난이도였다고 한다.

그렇게 첫 실패를 마주했을 때처럼
실소를 터트리며, 고요한 여섯 개의 무덤
옆에서, 아무도 모르게, 최후의 제17차 실험은
누군가의 머릿속에서 첨예하게 계획되었다.
계획을 아는 건 그가 유일했다. 신임은
오래전부터 바닥이었기에 그를 막아줄 사람도
없었다.

그는 제17차 실험을 결심한 날에 이 모든

기록을 상자 하나에 담아서 세상에 남기기로 결정했다. 정확히 어떤 심정으로 상자를 만들었는지 추측하긴 어려웠다. 다만, 영겁을 헤맬지라도 언젠가 발견되길 바랐던 진심만은 분명했다. 부끄러운 자신에 대해 변호 없는 문장으로 쓰인 사실과 잘못 들, 그릇된 희생을 위로하기 위해 무덤 곁에 놓아두어서 몇 세기고 빛바래지 않을 듯한 추모와 반성의 작은 쪽지들, 그리고 뜻 없이 흙과 함께 진실 너머를 맴돌다가, 어느 날에는 반드시 뜻을 되찾을 무거운 폭로들처럼, 상자는 그의 인생을 어떻게든 담아내고 있었다.

"결과가 어떻든 제가 저지른 이기와 위선은 분명해요. 저를 동정하지 마세요. 욕해도 좋아요."

❖

　어느새 현서 씨는 확률의 무덤을
눈에 담은 채 눈물을 흘리고 있었다. 잠깐
대화한 그는 자신을 위해 눈물 흘릴 만한
사람이 아니었다. 다만 무덤을 똑바로
관측하는 눈에는 처음과는 다르게 어떤
기망도 묻어나지 않았다. 순수하고도 깊은
눈빛이었다. 한 방울씩 낙하하는 눈물이
조용히 공간을 적셨다. 지금 현서 씨는
스스로의 어긋남을 증명하는 확률의 무덤
여섯 개를, 무슨 생각을 하며 바라보고 있는
걸까. 내가 이해할 수 있는 눈빛이 아니었다.
너무나 복잡해서 감히 전부를 헤아릴 수 없는
눈빛이었다.

　그런 그를 보며 문득 생각했다. 사실
잘못된 건 현서 씨가 아니었을지도 모른다고.

모두의 곁에 있었던 하현서와 모두의 이목을

끌었던 양자 시간 도약. 하지만 누구도

그를 인식할 수 없었으며 양자 시간 도약의

진실을 알지 못했다. 아무리 대단한 기술이

만들어진다 한들, 나를 포함한 대다수에게는

결과와 제목만 읽고 버려질 가십거리에

불과했다. 이 상자 안에 담긴 본질에

무관심했던 것이다. 연구에 대해, 이 사람에

대해, 의혹에 대해. 그리고 그가 왜 연고자도

없이 연구에 몰두해야 했는지, 한순간 잘못된

욕심을 품게 된 이유는 무엇이었는지.

　이 모든 것들의 숨겨진 답이 가리키는

명제는 너무나 이상적이라 현실과는 맞지

않을 것 같았다. 이제 곧 전해질 영원한

실종 소식조차 순간만을 살아서 존재하다가,

결국에는 무덤의 주인들처럼 흩어지고

잊힐 것이다. 무엇이 기억되어야 할지는

자명했지만 그 가능성은 자명하지 않았다.

"원래는 이곳과 함께 묻어두려 했던
거지만, 부탁 하나만 더 할게요. 끝까지
이기적이라 미안해요. 방금 드린 상자는
조작되지 않은 실험 기록과 그 밖의 중요한
여러 가지들이 담긴 상자예요. 이걸 저희
연구팀의 이경진 박사에게 가져다주세요.
상자 안의 신분증을 보여주면서 제 부탁을
받았다고 하면 만날 수 있을 거예요."

그는 무덤들 사이에서 꺼내 올렸던
상자를 온전히 내게 맡겼다. 그러면서 이젠
괜찮다는 인사를 덧붙이며 내 손을 잡고 있던
자신의 손에서 슬며시 힘을 뺐다.

나는 그저, 그럴 수밖에 없어서 단지
그랬을 뿐이었다. 한숨을 내뱉고 다시 고개를
돌리자 눈앞엔 허전한 위화감이 드는 공간이
우두커니 선 나를 붙잡고 있었다. 내 품의

상자와 발아래 무덤들만이 여전했다. 한참을 위화감에 붙잡혀 멍하니 서 있으니 어느새 눈물만큼 가는 비가 내리며 공간을 적시고 있었다. 나는 어쩐지 느껴지는 서글픔에 잠시 상자를 내려놓고, 뜻 없는 흙을 그러모아 그를 기억할 확률의 무덤을 하나 만들기로 했다.

작가의 말

1

고3 시절 내 자기소개서를 이루던 중심
소재는 과학기술의 윤리와 양면성이었다.
우연히 읽었던 과학 윤리에 관한 책이 나를
완전히 사로잡아 지금까지 관심을 놓지
않고 있는 주제기도 하다. (놓지 않았다뿐이지
전공만으로도 바빠서 적극적으로 공부하진 못하고
있지만……. 아니, 과학을 배운다면 당연히 윤리도
그만큼 배워야 하는 게 아닌가?) 과학을 비롯한

모든 학문들이 온전히 사회로부터 자유로울

수 있을까? 특히 정치와 자본으로부터 말이다.

과학엔 국경이 없지만 과학자에겐 존재한다는

말처럼, 결국 사람이 행하는 만큼 '완전히

객관적이고 이성적이며 선한 기술' 따위는

있을 수 없는 것이다. 전쟁에서 이기기 위해

만들어진 기술들이 현대사회를 지탱하고 있는

것처럼. 진통제로 개발된 약품들이 마약으로

오용되는 것처럼.

　《확률의 무덤》은 대학에 입학한 직후

쓴, 인생 처음으로 완성한 작품이다. 문득

소설을 쓰고 싶다는 생각이 들었는데

입시가 끝난 지 1년도 지나지 않은 시점에

가진 말은 자기소개서에 썼던 과학기술의

어쩌고밖에 없었던 것이다. 전공이라곤

구경만 한 게 전부인 새내기가 겨냥하는

것이 학계라니, 돌아보면 학계에 발도 안

담갔던 사람이었기에 쓸 수 있었던 무모한 이야기였다. 학부 졸업과 대학원 진학을 앞둔 지금이라면…… 아마 너무 조심하다가 못 쓰지 않았을까?

그럼에도 옛날 이야기를 꺼내 발표하기로 마음먹은 건, 과학을 바라보는 그 시절 내 관점이 오늘날 내게도 어느 정도 유효했기 때문이다. 과학의 자유롭지 못한 면이. 무언가를 탓하거나 지적하려는 것이 아니라 그저 그 사실이 (고작 학부생이 이런 말을 하긴 조심스럽지만) 과학 전공자로서 아쉬웠기에. 물론 과학이 윤리로부터 자유로워야 한다는 말은 아니고, 적어도 지금 관점에선…… 특히 돈으로부터! 돈! 내가 이걸 전공해서 먹고살 수 있을까 싶은 개인적인 문제도 있지만, 대학원생·석사·박사 지인들이나 심지어는 교수님으로부터 연구비 얘길 원치 않아도 계속 전해 듣는 입장에서는 신경을 안 쓸 수가 없다. 젠장, 나는 어쩌다, 대체 왜 자연과학 같은 걸! 이 빌어먹을 애증의 대상! 이 자리를 빌려 전국의 모든 자연과학 연구자에게 경의와 응원을 표한다. 지식의 끝 너머를 추구하는 당신의 모습이 진정으로 멋지고 아름답다.

2

《확률의 무덤》을 시작으로 계속해서 SF를 써왔고 특히 전공인 물리학을 갖고 노는 짓을 아직까지 하고 있으려니, 어쩐지 전공자로선 업보만 쌓아가는 느낌이다. 참고로 본 작품의 소재가 된 양자역학은 보통 물리학과 3학년 과정에 개설되는 전공과목이다. 1학년 때 이걸 쓰며 '양자 수강하고 나면 못 읽겠다'

싶었는데, 부끄럽고 웃기게도 수강했다고
이해할 수 있는 건 아니라서 그렇게 껄끄럽진
않더라. 전공 양자를 맛보고 SF 작가로서
느낀 건 하나뿐이었다. SF의 과학은 교양
과학 수준에서도 충분히 성립 가능하다는
거. 클렙슈-고르단 계수(Clebsch-Gordan
Coefficients)를 구하는 과정 같은 것들은 전혀
문학적이지 않았다.

3

실패하는 여성 과학자에 대한 이야기를
보고 싶었다. 나 역시 여성 물리학도로서,
항상 성공으로 가치를 증명해내야만 하는
이들과 더 많은 실패담을 나누고 싶었다.
잘 해내지 못해도, 그저 자리에 존재하는
것만으로도 우리는 괜찮은 거라고. 현서의

이야기가 어쩐지 위로로 와닿은 것은 그 때문일지도 모르겠다.

누군가는 분명 당신을 관측하고 있을 것이다. 당신은 무의미한 확률이 아니다.

2023년 여름

이하진

- 25

확률의 무덤

초판 1쇄 인쇄 2023년 7월 21일
초판 1쇄 발행 2023년 8월 9일

지은이 이하진
펴낸이 이승현

출판2 본부장 박태근
스토리 독자 팀장 김소연
편집 강소영 곽선희 김해지 이은정 조은혜
디자인 이세호

펴낸곳 ㈜위즈덤하우스 **출판등록** 2000년 5월 23일 제13-1071호
주소 서울특별시 마포구 양화로 19 합정오피스빌딩 17층
전화 02) 2179-5600 **홈페이지** www.wisdomhouse.co.kr

ISBN 979-11-6812-725-8 04810
979-11-6812-700-5 (세트)

값 13,000원